Diario
de invierno

Lada Kratky
Ilustraciones de Jon Goodell

HAMPTON-BROWN

El invierno divertido

Nos gusta jugar en la nieve.

¡Qué gracioso
se ve Cochi!

Osito y su mamá se van
a perder el invierno.

Contenido

El pueblo de Chivito

Se acerca
el invierno

Un lindo día de otoño,

Chivito y sus hermanos, Rosita y

Pimpollo, estaban jugando en las

hojas caídas.

—Tal vez a Osito le gustaría

jugar también —dijo Chivito—.

Mamá, ¿puedo ir a invitarlo?

—Está bien, pero regresa
pronto —advirtió Mamá Chiva.

Chivito se dirigió hacia el
bosque. Las hojas secas sonaban
"¡cronch, cronch!" bajo sus pies.

Cuando llegó a la casa de
Osito, llamó a la puerta.

—¡Adelante! —dijo una voz.

—Buenos días —saludó

Chivito—. Osito, ¿quieres venir

a . . . ? Pero, ¿adónde van?

Parecía que Osito y su mamá

se iban de viaje. Estaban tapando

los muebles con sábanas.

—A ninguna parte —contestó

Osito.

Doña Osa empezó a cerrar las ventanas.

—El invierno está por llegar —explicó doña Osa.

—¿Y qué van a hacer? —preguntó Chivito confundido.

—Vamos a hibernar —contestó
doña Osa.

—Eso quiere decir que vamos
a dormir todo el invierno
—explicó Osito bostezando—.
Pero yo no quiero dormir.

Osito se metió en la cama, de
mala gana.

—Quiero ver el invierno. Me
lo voy a perder todo —lloriqueó,
con los ojos medio cerrados.

Chivito tuvo una idea.

—¡Ya sé! —exclamó—. Voy a escribir en un diario todo lo que pasa. Después te lo cuento en la primavera.

—Sí, sí. Un diario-o-o . . . —bostezó Osito.

—Hasta la primavera, Chivito
—dijo doña Osa, acostándose.

Osito ya se había dormido.

Chivito salió en puntillas.

En su casa, Chivito escribió:

10 de noviembre

Se acerca el invierno. Osito se fue a dormir. Lo voy a extrañar.

Capítulo 2

¡Hasta la primavera!

Unos días después, Chivito estaba haciendo casitas de lodo cerca de su casa.

Vio una fila de hormigas. Iban marchando rápidamente. Cada una llevaba una semilla.

—Hola, hormiguitas —dijo
Chivito—. ¿Quieren jugar?

—No podemos —dijeron—.
Nos estamos preparando para el
invierno. Está por llegar.

—Ahhh, igual que Osito
—contestó Chivito tristemente.

Chivito dejó sus casitas de
lodo. Corrió a jugar en el bosque.

Entre las hojas caídas, vio a
una ardilla. Tenía los cachetes
llenos de nueces, y estaba
buscando más.

—Hola, ardillita —exclamó
Chivito—. ¿Quieres jugar?

Chivito apenas la entendió,
por las nueces que tenía en la
boca:

—No. Me estoy preparando
para el invierno. Está por llegar.

—Ahh, tú también —dijo
Chivito, alejándose.

Cuando llegó a su casa, vio a
unas golondrinas en un árbol.

—¡Hola! —saludó Chivito—.
¿Quieren jugar?

—No, ya nos vamos —contestó
una—. Ya se acerca el invierno.

Y levantando el vuelo gritaron:

—¡Hasta la primavera!

Chivito corrió a su jardín.

—¡Papá, mamá! ¡Ya se acerca el invierno! —les dijo muy preocupado—. ¿Estamos listos?

—Sí, hijo —contestó su papá.

—Pero todos se acuestan o guardan comida o se van volando. ¿Y nosotros? —preguntó Chivito.

—Nos quedaremos aquí en casa, Chivito, como todos los años —le dijo su papá.

—¿Y no pasará nada? —preguntó Chivito, muy inquieto.

—Ya verás —respondió su papá—. El invierno es muy divertido.

Chivito fue al cuarto a buscar su diario. Escribió:

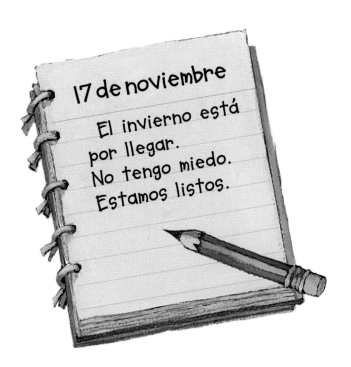

17 de noviembre

El invierno está por llegar.
No tengo miedo.
Estamos listos.

Capítulo 3

Un mundo blanco

Una mañana, Chivito se
levantó y miró por la ventana.

—¡Caramba! —exclamó—.
¿Qué pasó?

Se había despertado a un
mundo todo blanco.

Aún estaba nevando. Los
copitos de nieve caían en
silencio. Eran como plumitas
de paloma. Parecían bailar en
el aire.

—¡Mamá! —gritó Chivito—.

Mira ese conejo. Es todo blanco.

Mamá Chiva entró al cuarto

y se acercó a la ventana.

—Es blanco porque lleva su

abrigo de invierno —explicó.

—¡Y mira por allá! —exclamó
Chivito—. ¿Ves ese zorro blanco?

—Él también lleva su abrigo
de invierno —confirmó su mamá.

—Y mira por aquí, cerca de la
casa. ¿Quiénes son ésos?
—preguntó Chivito.

—Son Rosita y Pimpollo —contestó su mamá—. También llevan sus abrigos de invierno.

—¡No los había reconocido! ¡Yo también quiero jugar en la nieve! —gritó Chivito.

—Tienes que abrigarte bien —le dijo su mamá.

Chivito se puso un abrigo rojo, botas, guantes y bufanda.

En cuanto salió, resbaló y se cayó.

—¡Hola! —oyó que le decía una alegre vocecita.

Apenas reconoció a su amigo, envuelto en un abrigo anaranjado.

—¡Cochi! ¡Qué gracioso te ves!

—Igual que tú —contestó Cochi. Chivito le lanzó una bola de nieve. Cochi se la devolvió.

Los dos amigos se divirtieron
como nunca. Esa noche, Chivito
escribió en su diario:

3 de diciembre

El invierno es
divertido. Cochi y
yo nos vemos muy
cómicos en nuestros
abrigos. Cochi se
parece a una
calabaza. Yo me
parezco a un tomate.

Capítulo 4

Perdido en la nieve

—¡Qué tremenda tormenta!
—dijo Mamá Chiva una mañana.

—Nevó toda la noche —dijo
Papá Chivo, quitándose los
guantes—. Ya abrí varios caminos
en la nieve.

Chivito corrió a la ventana.
Vio nieve por todas partes.

—Voy a salir a jugar —dijo Chivito.

—Yo también —dijo Pimpollo.

—Chivito, cuida bien a tu hermanito —dijo Mamá Chiva.

—Sí, mamá —prometió Chivito.

—¡Mira todos los caminitos
que abrió papá! —observó Chivito.
Los caminitos parecían un
laberinto. A Chivito se le ocurrió
una idea.

—Pimpollo, ¿jugamos a las escondidas? —sugirió Chivito.

—¡Sí! —exclamó Pimpollo.

—Voy a contar hasta veinte. Corre a esconderte —dijo Chivito, tapándose los ojos—. Uno, dos, tres, . . .

Pimpollo corrió a esconderse.

—. . . 18, 19, 20. ¿Listo? ¡Ahí voy! —exclamó Chivito.

Se puso a buscar a su hermano. Buscó hacia la derecha y después hacia la izquierda. No lo encontró.

Buscó por el granero y luego
regresó al buzón. Nada.

—¡Pimpollo! ¿Dónde estás?
—gritó Chivito.

Su hermanito no respondió.

—¡Pimpollo! —gritó Chivito,
bien asustado—. ¿No sabes que
te tengo que cuidar?

Chivito estaba desesperado.
¡Su hermanito estaba perdido en
la nieve! ¡Congelado!

Chivito corrió a su casa.

—¡Mamá! —sollozó—.
¡Pimpollo
se perdió en
la nieve!

—Ji, ji, ji —Chivito oyó una
risita. Era Pimpollo. Estaba
sentado a la mesa, a un lado de
su mamá.

Chivito sintió un gran alivio.

—Ay, Pimpollo —suspiró
Chivito—. ¡Qué susto me diste!

—Le dio frío y entró —explicó
su mamá.

Esa noche, Chivito escribió:

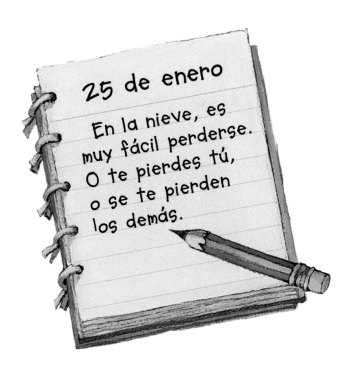

25 de enero

En la nieve, es
muy fácil perderse.
O te pierdes tú,
o se te pierden
los demás.

Buenos días, primavera

Por varias semanas ya, el tiempo había estado cambiando. Cada día hacía menos frío y se veía menos nieve. Una mañana, Chivito oyó unas gotitas:

"Plin, plin, plin".

De un salto, Chivito se
levantó y corrió a la ventana.

La nieve en los árboles se
estaba derritiendo. Gotitas de
agua caían de las ramas. Chivito
abrió la ventana.

Ahí, en el árbol, vio a las
golondrinas. Las saludó:

—¡Bienvenidas!

—¡Gracias! —contestó una—.
¡Qué bueno que ya llegó la
primavera!

—¿Ya llegó la primavera?
—exclamó Chivito.

Se vistió rápido, agarró su diario y salió de casa.

Chivito iba hacia el bosque. Por el camino, vio a una ardilla correteando.

—¿Te enteraste? —le gritó Chivito—. ¡Ya llegó la primavera!

—¡Bravo! —contestó la ardilla.

Más adelante, se encontró con unas hormigas haciendo ejercicios.

—Ven a hacer ejercicios —dijo una de ellas—. No hay mejor manera de empezar la primavera.

—No puedo —contestó Chivito—. Voy a visitar a un amigo.

Cuando llegó a la casa de
Osito, Chivito tocó a la puerta.
Doña Osa le abrió.

—Pasa, Chivito —le dijo—.
A ver si tú puedes levantar a
tu amigo dormilón.

—¡Osito! ¡Levántate! Ya llegó
la primavera —dijo Chivito.

—Grrr —gruñó Osito—. Es
muy temprano.

—No, no es —insistió
Chivito—. Las golondrinas ya
regresaron. La ardilla anda
correteando. Las hormigas están
haciendo ejercicios. Sólo faltas tú.

—Déjame leerte lo que escribí en mi diario —continuó Chivito.

Osito abrió un ojo, interesado.

Chivito empezó a leer:

—"Se acerca el invierno. Osito se fue a dormir. Lo voy a extrañar".

Tenía mucho, pero mucho que contar.

Los amiguitos de Chivito*

Los amiguitos de Chivito

ya no salen a jugar.

Ha llegado el invierno,

y se van a preparar.

Los amiguitos de Chivito

ahora sí pueden jugar.

Ha llegado la primavera

y lo van a celebrar.

*Se canta con la melodía de "Los elefantes".